KB195605

날씨와 건강

날씨와 건강

/

박세현의 시

경진
출판

차례

영업 중

계속 8
문학교수에게 9
광화문 나가며 10
웃음 반 울음 반 11
강릉에서 12월 12
어느 외계인의 오후 13
4년 전 14
거지 같은 15
외롭게 삽시다 16
모월 모일 17
다음에 말하겠다 18
서울의 끝 21
내리면서 녹는 눈송이 같은 22
이 밤 23
2023년 12월 31일 24

오늘의 영어 한 마디

오늘의 영어 한 마디 28
그대는 몰라 29
시집 앞의 生 34
불가피한 나의 꿈 35
우리 다시 만나는 날 36
종로를 걸어간다 37

단 한 사람이라도 38
내일은 전국에 비 40
겨울밤에 쓰는 편지 42
어느덧 비 44
나의 하루 46
오리무중 1번지 48

쓰지 않은 시를 위한 공백

백퍼센트 가을

좋은 시 54
낮비 55
늙은 아들아 56
날씨와 건강 57
커피나 마셔야겠다 58
새아침의 클래식 60
오전 일곱 시 61
백퍼센트 가을 62
모른 척 지나가도 되겠지만 63
저물 무렵 64
어서 달아나자 65
그것도 시 66
나를 위한 기다림 68

무코리타의 시간

무제 70
홈리스 71
삶이 아니라 삶의 형식 72
한 잔 합시다 73
서푼짜리 시 74
다음 생각 75
내가 무슨 스타강사도 아니고 76
무코리타의 시간 78
이제 우리 헤어지자 81
오래 전 일입니다 82
나는 쓴다 83

[뒷글]

사적인 다큐멘터리 94
저서 목록 117

영업 중

계속

그 사람은 육십인데 계속 살고 있다

나는 칠십 둘이다

문학교수에게

내 시집 속엔 늘 꼭
어불성설의 바보 같은 시가
한 편씩 들어간다
내 방식의 독자 서비스다
시집값이 아깝지 않다면서
내 시 읽는 보람쯤으로 여기고
개인적으로 웃어버리면 될 일인데
시가 왜 이러냐고 왜 저러냐고
이론적으로 캐묻는 사람도 있다
자신을 개정판 시론의 저자라고
소개하는 다소 싱거운
문학교수에게

광화문 나가며

남부지방 소나기 예보를 들으며
광화문 나가신다 거긴 왜 가는가
심심해서 간다 거긴 왜 가는가
타르코프스키의 희생을 보러 간다
목적지는 시네큐브
다른 데로 샐지도 모른다
꼭 봐야 할 필연이 슬금슬금 사라진다
내게 왔던 모오든 필연이여, 안녕히
시인들이 좋아하는 설문조사를 보면
시인들이 어디에 씌였는지를 알게 된다
한국문학이 거기가 거기인 이유를
통계는 통계적으로 속을 보여준다
신춘문예가 여전히 한국문학의 관문이라면
굳이 그 가랭이 사이로 들어가야 한다면
반동들은 끼어들 틈바구니가 없다
내 말이 과하다구?
P시인도 빠진 조사를 믿어야 하나
영풍문고에서 머리를 식히고
청계천이나 걸어야겠다

웃음 반 울음 반

웃음 반 울음 반
반반씩 섞인 노래를 부르며
하루를 보내는 무능한 날이 있다
살다보니 왕십리역에서 오지 않는
경의중앙선 전철을 기다리는 날도 있다
100년 후면 오늘의 역사도 녹아버리겠지
마이크 잡고 떠드는 저 남자인간은
왜 저렇듯 덧없어 보이는지 모르겠다
모른다고 모르는 문제는 아니지만
저런 삶의 형식도 반반치킨처럼
무언가는 반반이 뒤섞여 있을 것이다
미안하다는 듯이 전철이 허겁지겁
웃음 반 울음 반의 속도로 들어온다
시를 읽으며 위로받는 삶이 되지 않기를
다짐하며 전철에 오른다

강릉에서 12월

아나운서가 마지막 곡
파헬벨의 캐논을 흘려보낸다
들을 때마다 저 음악은
내가 작곡했다는 착각을 갖게 한다
음악이 끝나고 나서도
뭐가 남아 있는 듯이 두리번거린다
(사연 없는 슬픔)
새들이 비운 저 나뭇가지
저무는 골목길 카페 구석자리
한 줄의 시에 걸터앉아 휘파람 불며
그런 시늉으로 나는 죽어서도
어딘가에 터무니없이 남아있을 것 같다
어느 먼 뒷날 우정 그 사람을
데리러 와야 할지도 모르겠다
그때도 지금처럼 12월 끝물
안개 낀 밤일 듯

어느 외계인의 오후

피터 한트케의 소설
어느 작가의 오후를 찾다가 대신
하루키가 편집한 피츠제랄드의 단편선
어느 작가의 오후를 검색하고 집을 나선다
세상사는 이처럼 내 손밖에 있다
나를 손수 위로하면서
어제 걸었던 길 다시 걸어간다
전철로 가는 사람(들)
전철에서 막 내리는 사람(들)
낯익지만 새삼 낯설군
나는 1번 출구로 들어갔다가
2번 출구로 되돌아나온다
(꽤) 멀리 갔다 온 듯한 이 기분
알맞은 피로감을 늦추고 싶어
집앞 빽다방에 앉아 커피를 주문하고
손수 가져다 마신다 한 모금
커피맛이 좀 싱겁다
더 외로와도 될 것 같다

4년 전

방파제에 파도가 올라온다
파도 앞에서 묵은 생각을 헹군다
내 앞을 지나간 시간들이
물거품 위에서 조용히 젖는다
춤춘다

4년 전에도 나는 파도더미 앞에서
입에 발린 생각을 지우고 있었을 것이다
아는 게 미약하고 쓸쓸하므로
나도 모르는 거짓말을 창작하면서
그렇게 살아왔을 것이다
맑은 날은 거짓말도 환하고
진실해보인다

거지 같은

거지 같은
그게 그대의 말버릇이다
그대의 문체다 징그럽게 아름다운
빌어먹을
이건 나의 문체
그대에게 배운 건 아니다
누구 뱃속에서부터 익힌 문장이다
빌어먹을 거지 같은
이 문체는 그러나 어딘가 저개발의
청춘 냄새가 난다 너무
이 나라 방방곡곡이 그렇고 그래서
춤도 노래도 꿈마저 후지다 사실이다
살아본 적 없는 아름다움과 연대°하려는
그대만이라도
그대 하나만이라도
살아서 거지꼴을 면하기 바란다
진심이다

° 권현형

외롭게 삽시다

서푼짜리 시를 쓰고 있다오
시간 되면 연락주시오
당신도 여전하시겠지요
젊은 피아니스트가 단테의 신곡을 줄줄
외운다는 기사를 읽고 있던 중이오
철학이나 GDP에 보탬이 되지 못할 시
한 줄 쓰느라 새벽까지 뒤척거렸소이다
온전히 웃픈 일이지요 그러나
내다버릴 수도 없는 뇌피셜
인생은 잡지의 표지처럼 통속하거늘
이거 어디서 봤는지 깜물
따지지 말고 그냥 지나갑시다
내일은 서울 갑니다
가기 전에 바다를 한번 더 보렵니다
외롭지만 참을만 합니다
당신도 그럭저럭 외로우시겠지요
외롭게 삽시다
다른 수가 없소이다
71세 올림

모월 모일

오늘은 모처럼 눈이 내리는 모모한 날
문 두드리는 소리에 나가보니
눈 내리는 날만 일하는 배달국 직원이다
오래 전 아프리카 어느 해변
느린우체국에서 보낸 편지를 전해준다
발신인 이름은 없다
아마 허공을 날던 갈매기였을 것이고
수신자도 나는 아니었을 것
시에서 명예퇴직한 시인이어야 한다는 게
나의 작은 결론
(한 줄 띄우는 사이
낯선 세월이 지나간다)
소용없음을 알면서 기다릴 때만
기다림은 완성된다 오늘처럼
저렇게 눈 내리는 날

다음에 말하겠다

내가 누군지
나는 모른다
나는 내가 아닌 다른 사람이다
공짜 전철을 타고 영화를 보고
커피를 마시는 그런 나는
더는 내가 아니다
단지 나인 척 하기로 계약한
내가 고용한 대역일 뿐이다
언제든 계약을 파기할 수 있지만
나는 그렇게 하지 않는다
그가 나보다 나를 더 잘 연기하기
때문이다
나는 시를 쓰지만
내가 내가 아닌 것과 마찬가지로
내가 쓴 시는 내가 쓴 시가 아니다
내가 쓴 시는 내가 아닌 다른 사람
바로 그 대역이 쓴 시다
나는 문자얼룩을 믿지 않는 편이지만
외로운 날엔 그가 쓴 나의 시를

읽기도 한다
그의 시에 대해서는
다음에 말하겠다

사랑은 눈발을 타고

광화문에 내리면서 점잖게
교양 있게 쌓이는 눈
시네큐브 앞으로
새문안교회 앞으로
그리고 내 앞으로 다가서는 눈
이 기분을 가만히 만지면서 덕수궁을
한 바퀴 돈다
한 바퀴 더 돌아도 좋다
겨울 하루는
나는
그리고 당신은
이렇게 사소한 방식으로 창작된다
툭하면 쓰고 싶은 시가 있듯
이름도 성도 모르는
핀란드식 믿음의 누이여°
무표정한 누이여
지금 내 머리 위에 내려앉는
눈송이처럼 그리워하며
온통 그리워하며 사라지자

°아키 카우리스마키, '사랑은 낙엽을 타고'

서울의 끝

오전 열한 시
손님이 오지 않는다
새로 한 시
손님이 오지 않는다

두 시
세 시

네 시

어둠이 내리고
밤이 와도
오지 않는 손님은 오지 않는다
커피집 주인은 다른 날보다 일찍
문을 닫고 가게를 나선다

눈이 내린다

내리면서 녹는 눈송이 같은

일찍 문학판을 떠난 동료들에게
광영 있으라
진심이다
재수 없게
나처럼 인질로 잡힌 자들에겐
날마다 아름다운 저주를, 저주를
골방에서 노트북을 두드리며
원고료 없는 시를 쓰고 있을
가련한 동지들
문학적 재능 없음을 자신만 모르는
잔인함은 내 것만은 아니다
대충 찍었지만 어떤 사람에게는
평생의 공감을 주는 한 편의
비상업영화처럼
생의 비밀은 엉뚱한 곳에 있다
내가 아끼는 한 명의 시인
그는 날마다 자신이 쓴 시를 지운다
내리면서 녹는 눈송이 같은
그의 시

이 밤

이 밤
멀리 있는 친구들
내 진정한 친구들은 다들
손에 손잡고 시를 떠났다
여직 노트북에 고개를 처박고
중얼거리는 시인은 내 친구가 아니다
시적으로 분명하게 밝혀둔다

이 밤
철지난 가요를 들으며
메마른 눈물을 흘리면 어때
나몰래 흐르는 눈물
철지나면 어때서
한물간 노래가 어때서
창밖에 일제히 봉기하는 바람
사랑은 여태 끝나지 않았는가
바람 몇 편은 낯선 곳으로 풍향을 바꾼다

2023년 12월 31일

창문을 닫고 한 해의 벼랑끝을
자축하려는데 읽을 시가
떠오르지 않는군
맹탕으로 산 거 아닌가
논문을 쓰는 문학자의 창문은
생각보다 멀고 학구적이구나
논문을 마치면 여행을 떠나야지
그는 그렇게 생각할 수도 있다
따뜻한 나라 해변에 앉아
홍건한 햇빛을 몸에 두르고
맥주를 마실 계획을 세우며
학자는 논문 쓰듯이 검색을 시작한다
　(1)베트남
　(2)대만
　(3)말레이지아
결정은 미루고 노트북을 덮겠지
시 한 줄 몸구석에 집어넣으려고
옹졸한 자신의 서재를 산책할 것이다
평생의 시간이다

한물간 이론서들이 어색한 표정으로
자신의 내면을 반추하는 풍경 앞에서
늙은 시집들은 자신의 안간힘으로
조용히 늙어버리는구나
시를 수소문하며 허둥대는
나의 한 해는 이렇게 파국에 도착한다
학자는 어두운 서재를 나오며
25 논문의 각주를 수정할 것이다
문학의 종말을 왜 나는 모르는 척 하는가

오늘의 영어 한 마디

오늘의 영어 한 마디

한때 나는 문학박사였지
지금은 반납했다

텔레비전 아침프로를 틀어놓고
철학적으로 앉아 있다
이렇게라도 보아주지 않으면
구형 텔레비전이 서운할지도 모르는 일
물건에 대한 예의라면 예의다
나랑 처지가 비슷하군 남자여
소용없는 노인들(野)이여

채널을 바꾸면서
오늘의 영어 한마디
I'm not there

그대는 몰라

한때 나의 십팔번은
1959년 박신자가 부른 '땐사의 순정'

　이름도 몰라요 성도 몰라
　처음 본 남자 품에 얼싸 안겨

필터도 없는 담배 백조를 빨아대며
담배연기보다 깊게 빨려오던 노래
김민기도 이미자도 단숨에 넘어서는 그 리얼은
지금 들어도 가슴 저린다

　푸른 등불 아래 붉은 등불 아래
　춤추는 땐사의 순정

그런 칙칙한 삶을 수납하면서 살았다네
헷갈리는 엇박자의 막춤을 추면서
포주 같은 정권 밑을 기면서 살았을 것이니
그저 한탕 해먹으려는 이 나라 대통령님들
대통령 지망자들아 나는 이제 개인 자격으로

정식으로 격발한다 당신들 모두 전부 싸그리

그대는 몰라 그대는 몰라
울어라 색소폰아

하루키가 오랜만에 책을 냈다니 주문해야겠다
다 읽을 생각은 없다 소장본도 아니다
돈 아깝게 왜 사들이겠는가
한때지만 그가 나를 매혹한 대목이 있다
특히 재즈에세이
나는 축창가를 부르는 친일파인가 봐
아무려면 어떠랴
희망가도 아까운 민국의 변두리에서

새빨간 드레스 걸쳐 입고
넘치는 글라스에 눈물 지며

이제 나는 포기할 줄 안다
한 포기 두 포기

그건 나의 미덕 나만의 생존 방식이다
공화국에는 투사도 많고 빠도 많지만
나같이 날티뿐인 시인도 필요하지 않을까

비 내리는 밤도 눈 내리는 밤도
춤추는 땐사의 순정

나는 그리하여 오늘 밤도 없는 시를 읽고
쓰여지지 않은 소설을 읽는다
더 깊은 밤에는 망명작가의 전기를 읽는다

그대는 몰라 그대는 몰라
울어라 색소폰아

아무래도 좋다 아무렇게 살아도 좋다
막춤 추듯이 살아도 충분하고 또 충분한 나라
역사논문 속의 위인들은 소설이었을 것이다
력사학자들이시여 당신들에게도 꿈이 있는가

별빛도 달빛도 잠든 밤에
외로이 들창가에 기대서서

나는 시인인 척
시만 쓴다 오직 시만 쓴다
너도 나도 마음을 합쳐 시를 쓰자
이 또한 얼마나 무모한 행진인가
바빠서 무슨무슨 집회에 가지 않고
서명도 하지 않고 방구석에서 나는
시만 쓰는 시인이었다

슬픈 추억 속에 남모르게 우는
애달픈 땐사의 순정

나는 누구인가
나는 그 누구도 아니다
입 다물고 맹물 같은 시만 쓴다
어떠랴 아무려면 어떠랴

그대는 몰라 그대는 몰라

울어라 색소폰아

시집 앞의 生

믹스 커피로

아침을 때운다 책상 위에 놓인
신작시집 위를 소리 없이 걸어가는
겨울햇살의 속살을 그저 바라만 본다
그런 한때
그런 生이
그렇게 아스라해진다

시집 앞의 生

춥지만 어쩔 수 없이 오늘은
바다까지 바닥까지 걸어야겠다
어쩔 수 없는 것은 어쩔 수 없다
이름 없는 사랑아
너는 누구니?

불가피한 나의 꿈

택배기사는 어김없이
어느 날 내 집 문앞으로
나의 죽음을 배달하겠지
수취를 거절할 수 없는 그 아침
어떤 음악에도
어떤 시에도
어떤 학설에도 기대지 말 것
어제 아침처럼 눈을 감았다가
다시 새눈을 뜨기로 하자
이보시오, 이보시오
누군가 나를 흔들어 깨운다
꿈에서 깨어날 시간이라오
눈앞에 다가온 생시를 향해
한 걸음 두 걸음
나는 이렇게 저렇게
春夢을 살아내면서 헷갈렸을 뿐
나는 다시 오지 않을 것이다
긴 꿈속을 빠져나오듯이

우리 다시 만나는 날

쿠데타에 실패한 병사가
마을버스 정류장에 앉아
담배를 피우며 서사적으로
훌쩍이고 있구나
내가 그대의 눈물을 대신 흘려주리다

마침표 생략한 번역시를 읽으며
우리는 다음 정류장에서 다시
만나리다
연체된 융자금 이자는 그때
고뇌해도 늦지 않으리다 그날은
심심하게 서로를 안아주기로 하자

일없이 늙은 철학자처럼
명예퇴직한 절도범처럼

(당신은 지금
박세현의 시를 읽고 있습니다)

종로를 걸어간다

가랑잎 뒹구는 상계동을
견디지 못하고 전철을 탄다
소춘(小春)이 지난 늦가을
종로를 걸어간다 걸어간다
나는 걸어간다
날마다 어이없이 덧나는 생
모든 가출은 출가였으니
물구나무 선 시여 침묵하자
정색하는 시는 읽지 말자
왠지 속는 기분
북촌이랑 한 바퀴 돌고
밤에는 반야심경을 읽으리라
不生不滅 不垢不淨 不增不減
내일은 아예 통도사에 가야겠다
거돈사지도 좋겠지

단 한 사람이라도

그런 생각하면서
자다가 깬다
동짓달 긴 밤의 한가운데서 나는
시를 쓴다 어둠을 쓴다 꿈을 깁는다
세상보다 세상 바깥이 궁금하고
언어보다 언어 이전이 궁금해서
입맛을 다시면서 어둠을 걷어낸다
거짓말과 참말 사이
어디에도 깃들지 못하고 둥둥
떠다니는 말이 있다면
그게 아껴둔 내 말이다
광화문 지나가면 광화문이 따라오고
남대문 지나가면 남대문이 따라오고
내가 지나가면 모르는 당신이 따라온다
잠든 나를 깨우고 꿈을 수정하고
다시 잠을 청하는데 어디선가
새가 운다 혹시 당신은 아닌가
착각과 망상에 몽당연필로 밑줄
이런 생각하면서 깨어났다가

정신이 다시 깨는 순간에 나는
임기를 마친 시인 같아서 웃게 된다

내일은 전국에 비

시를 좀 줄여야겠어
너무 많이 쓰고 있어
손가락 끝에 시 쓰는 뇌가 달렸거든
내가 쓴 시는 내 뜻은 아니거든
쿠키뉴스를 보니 40대 남자 A씨가
마트에서 장미 한 다발을 들고 튀다가
추격한 경찰에게 붙잡혔다는군

평소 달리기 연습을 많이 해
도둑 잡는데 도움이 됐다는 경찰은
사뭇 믿음직스러웠다네
의젓하구나 민국의 경찰아
지구 끝까지 달아나지 못하고 붙잡힌
장미 도둑이 경찰에게 나직이 뱉은 말
내가 졌다, 졌어

시를 좀 줄여야겠어
시인들이 사라져도 저렇게 싱싱한
시들이 날마다 쓰여질 것이니까

내일은 전국에 비가 온다는군
모처럼 나의 귀의처 빗소리듣기모임을
소집해봐야겠어 리스본에서 잠시 귀국한
이심정 시인도 참석한다는군

겨울밤에 쓰는 편지

등잔불을 켜놓고 시를 쓰고 싶은데
등잔이 없다 없어 없으니
어둠 속에서 그냥 쓴다
시가 잘 보이지 않는다
그러니 시다 진짜 시다
일흔 살을 잡숫고도 시를 쓰는 건
옳은 사업이 아닌 줄 알면서도
꺼져가는 등불처럼 호올로 쓴다
신념이나 철학은 없다
그런 너절한 거 없이 근근히 버텨온
나의 문학을 향해 가끔 어두운
경의를 표하는 게 잘못은 아니겠지
방학동에 가서 등잔을 구해야겠다
오래된 것이면 좋겠다
만주벌판으로 망명하던 시인이
마지막으로 사용했을법한 것이라면
바랄 것이 없겠다
시가 막 써지겠지
누가 읽어주지 않아도 아무렇지 않을

시에서 시만 덜어낸 시

그런 시를 쓰는 밤

인생에서 덧나버린 당신에게

흩날리다 그쳐버린 첫눈에게

손편지를 쓰는 겨울밤을 기다리겠다

어느덧 비

커피를 마시고
(또 커피?
그러겠다. 누가?
생전 처음 보는 얼굴이겠지
바라건대 내 시쓰기를 방해하지 마시길)
구슬공예 같은 나의 글작업을
돌아보는데 창밖에는 비가
내몽고에서 시작된 비가 내린다
(비오는 날은
시 같은 건 쓰지 말자 맹세
세상이 온통 시인데 후지게 무슨 시타령이람)
아쉬워서 몇 줄이라도 끄적이려 했지만
그나마도 정처를 잃은 문장이
빗속에서 낭인처럼 흐물거린다
이런 날은 이런 심사만 데리고
어둑한 강릉시외버스터미널 대합실에서
대합실보다 조금 더 어둑하게 앉아
어디로 떠날까 궁리해야겠다
(북만주행 직행은 몇 시인가요?

어르신, 그 노선 끊어진 지 오래됐어요
함홍에서 환승하세요)
아름다운 시
그런 게 있다면
(쓰여진 적은 없겠지만
있다면 말이지)
어느덧 내 마음 문턱까지 와
방울거리며 맺히는 저 빗방울일거다
틀림없이
어김없이

나의 하루

C열 7번 주세요
하루키 소설에서 튀어나온 듯한
청년이 영화표를 건네준다
눈치 챈 사람은 없을 것이나
여기는 강릉신영독립예술극장
홍상수의 서른 번째 영화 나의 하루를
개봉해주는 곳이다
광고 없이 첫 화면이 열리면서
나의 하루도 시작된다
내 옆에는 중년 지극한 여성 둘
그들 뒤로 아들 또래 남자 하나
경로 할인받은 모자 쓴 칠십대
영화는 현실이고 현실은 언제나 영화
시와 인생에 대해 묻는 젊은이에게
노인은 모두 오답이라고 말해준다
노시인은 청년에게 내 말 알아듣겠냐고 말한다
청년은 이해한다고 대답한다
노시인은 이해 말고 알아듣겠냐고 되묻는다
이해하면서도 알 수 없는 하루

0.3초면 잊혀질 나의 인생은 하루가 전부다
우리나라 시인 중 통틀어서 가장
솔직한 시인 기주봉
그가 옥상에서 의사가 금지한 술을 마시며
담배를 피우는 그 마지막 표정
너무 멋져버려서 약간 슬프기도 해서
객석에서 나도 모르게 허공을
바라보며 담배 피우는 시늉을 한다

자작 댓글:
(시는 쓰면 쓸수록 시에서 멀어진다
생각을 문장에 몽땅 담을 수 있다면 미쳤다고
시집 여러 권을 쓰겠는가. 언제나
조금 설미치는 나의 하루)

오리무중 1번지

나를 찾고 싶으면
오리무중 1번지
그 뒷골목으로 은밀하게
오시든가

쓰지 않은 시를 위한 공백

백퍼센트 가을

좋은 시

좋은 시를 써도
독자가 없는 이유는 무엇일까요?

좋은 시가 아니라는 뜻이겠지요.

낮비

오후 네 시쯤이었을 것
능소화 한 줄기
점집 담벼락에 매달려
시들고 있는 민낯
목로 구석에 쭈그리고 앉아
술잔을 들고 있는
위대한 구시대 시인 둘
廢墟 동인과 薔薇村 동인
그토록 시를 썼다지만
소속사도 없고
팬 한 명도 없다면
박수 받고도 남을 일
무대 밖에서는 여름날
대단원의 낮비가 통곡한다
오늘을 기념하라

늙은 아들아

돌아가신 아버지
친히 꿈속에 오셔서 말씀하시었다

아들아, 늙은 아들아
사후세계는 없단다
안심하고 살 거라

날씨와 건강

등단 사십 년차인 친구가
자신의 첫시집을 보내왔다
속표지에 붓펜으로 쓴 惠存에
마음 없이 웃었다
다섯 권 한정의 복사판
수제시집이지만 뭐 어떤가
근사하다
시 몇 줄에 자신을 얹어보겠다는
옛친구의 늦은 결심을 지지하며
시집을 펼치고 시인의 말을 읽는다
시인의 말은 백지로 남아 있다
백지를 오래 읽으며 밖을 내다보니
잊고 살았던 첫눈이 내린다
가슴이 뜨뜻해진다
아직도 이런 아랫목이 남아 있다니!
춥지 않다면 골목집에서
건강을 생각하며 한 잔 해도 좋겠다
혼자면 어떤가
첫 페이지를 넘긴다
제목은 날씨와 건강

커피나 마셔야겠다

이선배,
술자리에서 김수영이
명동백작 이봉구에게 말한다.
내가 이 세상에서 가장 경멸하는 놈이
누군지 아십니까?
이때 백작의 표정이 궁금하다.
박인환이에요.
백작이 살짝 놀라는 표정을 지었을 것 같다.
작가라는 놈이 멋이나 부리고,
고급 양복이나 입고
여자나 유혹하고.
(그랬구나. 박인환은 진짜 멋있었구나.)
김수영이 계속 말을 이어간다.
그런데 오장환은 박인환보다 천배,
만배는 나쁜 놈입니다.
백작은 놀란 표정을 거두며 수영에게 말한다.
"자넨?"
"난? 여성을 노리개로 생각한 적 없습니다."
우리 문학의 뒷구멍도 꽤 재미롭다.

사실인지 아닌지는 궁금하지 않다.
좀 지어내면 어떤가.
인간미가 넘쳐나고 그럴수록
문학사의 여백은 풍부해지지 않겠는가.
시인 박인환은 그렇다치고
근데 오장환은 왜?
남로당 활동을 열심히 해서인가?
이 대목을 지나가면서 나는 싱겁게 웃는다.
대놓고 씹을 시인이 있었던 시절은
차라리 삶이 꿈틀거려서 좋았을 것
경멸할 인간이 보이지 않으니
커피나 마셔야겠다
작가라는 놈이 맨날 커피나 마시고
트림 같은 시나 쓰는구나
오늘 커피는 브라질
YELLOW CATUAI 100%
원산지 말로는 very good이라니
어디 군맛이나 좀 볼거나

새아침의 클래식

아침엔 라디오를 듣는다네

새아침의 클래식

구월 이십칠 일 강릉 비

바흐의 음악을 기타로 듣는다네

저 현란하게 움직이는 손가락

어제는 만종을 지나오면서

남한민국은 뒤집어엎어야 한다는

긴 망상을 복습했어

열차가 달리는 한 시간 반 동안

나는 급진주의잔가 봐

북이나 남이나 가부장제국가

대통령 전하, 통촉하시옵소서

혁명은 짝사랑이자 불륜인 나라에서

빗소리듣기모임이나 재구성해야겠어

음악이 헨델로 바뀌었군

음악에 힘을 얻으면서

죽은 시인들과 연대하여

불발의 쿠데타를 준비해야겠어

오전 일곱 시

오전 일곱 시는
호퍼가 1948년에 그린 그림이다
단순하고 심심한 아침이다
아무 일도 일어나지 않을 것 같은
그림 속 풍경이
통째로 액자 밖으로 흘러나온다
벽걸이 시계가 크게 보이는 흰벽
저 집에서 하루 묵고 싶군
벽시계를 바라보며 밋밋한 하루에
손을 댄다
일곱 시보다 이를 때도
있다

백퍼센트 가을

나야 꼰대지만
내 앞에 다가온 순간은
꼰대가 아니다
나 역시 꼰대가 아닌 척
반갑게 살갑게 뜨겁게 맞아야겠다
사정이 이러한데
왜 남의 시를 읽어야 하지요?
당장은 내 앞의 시부터 읽어야겠다
깜빡이 없이 끼어드는 자동차를 읽고
전철 계단에서 종이컵에 오줌 싸시는
노인 남자를 읽어야 하고
피켓을 들고 거리를 활보하는
정치 하청업자들을 읽어야한다
여당대표가 구속적부심을 받고 있는
덜 떨어진 민주주의도 읽어야겠다
시인들은 입 꾹 닫고 있지만
그건 또 그것대로 지극하도다
이것이 지금 나를 지배하는 시
오늘은 백퍼센트 가을
전악장이 나를 울린다

모른 척 지나가도 되겠지만

모른 척 지나가도 되겠지만
나는 아래 문장들에 뒷발이
걸리고 말았다.
다정하고
서글프지만
나도 모를 근거와
리유를 내 안에서
찾고 있는
중이다.

〈아래〉

저는 제 타임라인에 뜨는 분들의 글을 대개 TV뉴스나 카페 옆자리 소음, 샴푸 성분 표기 정도로 받아들입니다. 아마 여러분도 제 글을 지나가는 개가 짖는 소리 정도로 여기실 거고요. X(트위터)가 좋은 것은 그 정도의 거리감이 있기 때문입니다. 우리 서로에게 그 정도인 것으로 충분하지 않습니까? (송승언@blanknoose, 15시. 2023. 09. 01)

저물 무렵

집으로
들어오는
골목 어귀
점점
어두워지는
무렵
허리 굽은
남자가
지팡이를
짚고
어딘가에
오래
전화를 걸고
오래
서 있다
여보세요
여보세요
여보세요

어서 달아나자

문학에서 도망칠 타이밍이다
늦었지만 어서 달아나자

나는 문학의 기준에 맞지 않는다
그렇게 중얼거리면서
강문해변을 걸어서 송정해변까지 왔다
내가 온 곳은 어디고 가는 곳은 어딘가
수사학적으로 말하자면 온 곳도 없고
가는 곳도 없다

문자에 기대어
문자를 넘어서려는 몸짓은
아마도 물거품이었나 봐

그것도 시

한밤중에 깨어나
시를 쓴다
내가 봐도 우스운 노릇
시인처럼 폰화면에
시를 끄적인다
이런 게 시가 맞을까
그런 의심은 뒤로 미룬다
내가 봐도 내 시에는
시가 없다
시라고 썼는데
시가 없으니
웃기는 일이다
다 잠든 시간
반성은 늘 같은
지점에서 끝난다
정말 시이고 싶은 시
문제는 거기다
방구석에서 훌쩍이는
시인의 어깨를 토닥거리며

보이지 않는 입이 말한다

괜찮다

쓰던 대로 쓰다가

폭삭 망하면 된다

그것도 시

나를 위한 기다림

지금 영화관에 앉아 있다
나는 내 인생의 관람객
3등석 C열에 앉아서 꿈과 인생이
모호하게 뒤섞이는 영화를 보노라면
저 영화의 주인공처럼 나도
나의 근원을 알 수 없다
약간 우울했지만 꾹 참으면서
영화관 앞 버스정류장 의자에 앉아
오래 기다린다
버스에서 내리는 사람들
버스를 기다리는 사람들을 보며
나는 희망을 내려놓고 기다린다
언제 또 이렇게 이유 없이
올지도 안 올지도 모를 누군가를
기다려볼 날이 있겠어
버스가 도착하고 낯선 사람들이 내리고
다시 버스에 올라 떠나가는 사람들
나를 위한 이 막연한 기다림!
나는 누구의 대역이던가

무코리타의 시간

무제

국립대 명예교수 도주 끝 구속
남의 일 같지 않아서 메모해둔다

홈리스

이 나이에
시를 짓는 일은
무모하지만 숭고하여라
숭고하지만 무모하여라
돈 받고 시집을 파는 일이 그렇고
돈 주고 시집을 사는 일은 더 그렇다
저주받을 일이 이것 말고 또 있겠는가

시와 상관없이 철학과도 상관없이
길모퉁이에 쭈그리고 앉아
지속가능한 절망을 누리고 있는 홈리스
당신이 시인이외다
참되도다 거룩하도다
절망의 화사함을 아는
시인들

삶이 아니라 삶의 형식

눈이 와요
여자가 말한다
첫눈이군요
내가 말한다
허공에 떠있는
數三個°의 눈송이를
여자는 두 손으로 받는다
공손하다
이윽고 녹아 없어지겠지요
눈 녹듯이 첫눈 녹듯이
이번에도 여자가 말한다
그게 다 영원일 겁니다
이번엔 내가 말한다
올해 겨울 내가 만나는 삶
삶이 아니라 삶의 형식
마음 안에 새로 만든 항구에서
배 한 척이 소리 없이 떠나간다

° 황동규의 「기항지 1」

한 잔 합시다

오랫동안 그의 시를 읽지 않고
산다
그가 흘리는 잡음 같을 근황도
모르며 지낸다
그의 시를 따라 읽는 것은
그의 문장에 솔직함이 없고
지저분한 이론의 오염이 없기 때문이다
남들처럼 뻔한 작시법을 따라가지 않는
시의 걸음도 좋았다
이 비 그치면
출가한 친구에게 연락해야겠다
한 잔 합시다
절집 비우고

서푼짜리 시

서푼짜리 시를 쓰고 있다오
시간 되면 연락주시오
당신도 여전하시겠지요
젊은 피아니스트가 단테의 신곡을 줄줄
외운다는 기사를 읽고 있던 중이오
철학이나 GDP에 보탬이 되지 못할 시
한 줄 쓰느라 새벽까지 뒤척거렸소이다
온전히 웃픈 일이지요
인생은 잡지의 표지처럼 통속하거늘
이거 어디서 봤는지 깜물
따지지 말고 그냥 지나갑시다
내일은 서울 갑니다
가기 전에 바다를 한번 더 보렵니다
외롭지만 참을만 합니다
당신도 그럭저럭 외로우시겠지요
외롭게 삽시다
다른 수가 없소이다
71세 올림

° 같은 시에 다른 제목을 붙여본 시.

다음 생각

덕수궁
현대미술관 거기 오늘 12월
아니 15월의 비가 내린다
봄비 같고 가을비 같은 추적거림
훌쩍거리다가 싱거워져 정신차렸다는
누군가의 귓속말이 들린다
좀 그런가?
시시한 혁명 끝내고
중국집 간짜장 먹는 오후 같은 날
미루었던 장욱진회고전을 본다
남 안 볼 때 이 그림 슬쩍
저 그림도 한 점 몸에 집어넣고
미술관을 나서는데 전시장에서 만난
장욱진의 까치가 따라나서면서 총총총
자기도 데려가라고 총총거린다
빗낱이 흩날리는 덕수궁의 오후
빗소리듣기모임 준회원 일인
그리고 허공을 깨무는 까치 한 마리
다음 생각은 왜 오지 않으실까

내가 무슨 스타강사도 아니고

도서관 인문학 강좌에 여섯 명이
신청했다
강의를 해야 하나 말아야 하나
망설이는데 담당자가 전화기로
수강생이 적어서 죄송하다고
죄송하다고 말했다
괜찮다고 괜찮다고 여하간
가보자고 가보자고 대답하고
소망의 첫 주 강좌를 열었다
강의 제목은 시를 꼭 읽어야 하는가
두 명이 강좌를 포기했다
네 명을 앞에 두고 썰을 풀기는 그래서
강의를 접으려는데 때마침
중국발 우한 폐렴의 방한으로
자연스럽게 자연스럽게
강좌는 폐강되었다
잘 되었지 그럼
내가 무슨 스타강사도 아니고 그저
퇴물 교수이자 무명무색한 시인인데

남모르게 쪽팔렸지만
열반을 일도 아니지
18 19 20 21 22
오늘이 며칠이지?
그러면서

무코리타의 시간

강릉신영극장 4층 C열 7번
본래 D열을 끊었지만 사람이 없어
C열의 적당한 자리로 바꿔 앉았다
극장 측에 죄송하다
오기가미 나오코의 '강변의 무코리타'를
보고 보고 보고 겨우 일어나
초가을비 흩뿌리는 골목길을 걷는다
영화는 무슨 얘기인가
검색해보면 다 알게 된다
저마다 미처 울지 못한 울음을 품고 산다
고 요약하면 겉멋을 부린 평론인가
누가 우산 속으로 불쑥 들어와
같이 씁시다
그런다
별 사람 다 있다
고 생각할 틈도 없이 모르는 인류는
금세 친구가 된다
나는 빈털터리외다 그가 말한다
심플 라이프군요 내가 말한다

청년과 나보다 몇 살 위로 보이는
그러나 나보다 멋스럽게 나이 든 여자
셋이서 스크린 앞에서 두 시간을 살았다
삶의 이쪽저쪽을 실습해보는 늦여름과
초가을 사이에 비가 뿌린다
초초가을비가 나를 대신해
징징대는 거라면 말이 되는 것인가
아무래도 좋겠다 나는
우산을 쓰고 통증클리닉과 김밥집이
체온을 나누는 거리를 가짜
미니멀리스트의 걸음으로 지나간다
꿈을 덜어내면서 빗소리에 젖어보는
무코리타의 시간
근데 말이지
말이야 나,
혹시 죽은 거
아녀?
(지금 알아챘다는 듯이)
하마터면

인생이

뭔지

알 것 같다는 헛소리를

할 뻔 했네

이제 우리 헤어지자

4박 5일 동안
바다만 보고 왔네

밀려오는 파도에 나를 던지고
나를 부수다가
맨얼굴로 돌아섰네
시를 쓴다고 썼지만
그거야 노느니 염불한 것
내 시에는 아무것도 없다네
이것만이 내 시의 큰 보람
마치 나라는 듯이 내 속에서
떠드는 시의 화자를 볼 때마다
마려운 헛웃음을 참을 수 없다네
저러고 싶을까, 해서다

내 가면을 쓰고 있었던 나여
이제 우리 (깨끗이) 헤어지자
그동안 수고했수다레

오래 전 일입니다

수유천을 보고
노원중앙도서관 앞을 지나가려는데
모르는 행인이 다가와서 인사한다
잘못 봤겠지
누구시냐고 온말로 물었더니
내 책을 읽는 사람이라고 했다
말문이 막혀서 저런! 하고 얼버무렸다
한국어 얼버무리다에 무한 감사!
그가 다시 물어왔다
요즘도 시 많이 쓰시나요?
공손하게 대답하고 싶었다
아니 울고 싶었을 것이다
(오래 전 일입니다)
금방 본 영화 속 대사 한 줄이
내 안에서 천천히 녹는 중이다
그렇게 말할 날이 다가올 것이다

나는 쓴다

나는 쓴다
쓸 것이 있어서 쓰는 건 아니다
쓰지 않으면 살 수 없을 것 같아서
키보드를 두드리는 것은 더 아니다
나는 쓴다
써야 할 하등의 이유가
없다는 것만이 내가 글을 쓰고 있는
유일하고도 쓸쓸한 사정일 것이다
나는 쓴다
쓰지 않고는 배길 수 없다고 말하는
글작가들을 부러워하면서 근거없이 쓴다
또 쓰세요?
신경 쓰지 마세요
나는 쓴다
이것을 삶의 리허설이라 부르겠다
나는 쓴다
밤산책을 끝내고 돌아오는
엘리베이터에서 만난 1호집 여인이
인사하면서 결정적으로 선언했다

바람이 차요 계절은 속일 수 없다니까요
나는 쓴다
옛친구들이 단풍놀이 가자고
제안했다 가지 않을 이유가 없다
좋다고 톡을 날렸다
나는 쓴다
주말에 간만에 진접에 갔다
아는 이 한 명 없는데 누군가 꼭
기다리는 것 같아 거기 정적뿐인 진접에 간다
나는 쓴다
철마산 중턱에서 쉬고 있는데
생수를 마시던 젊은 여인이 인사했다
초면끼리 나누는 산길의 인사
나는 쓴다
어젯밤 쓴 시를 수정했지만
마음에 들지 않는다 그냥 간다
어차피 시는 아무것도 아님을 시는
나보다 먼저 안다
나는 쓴다

별가람역 근처 스벅에서
집사람과 커피를 마셨다
우리는 왜 강남에 살지 못하는가
그렇게 토론하고 웃었다
스벅 커피는 본전은 한다고
나는 쓴다
(한 행 띄울까 하면서 망설이는 사이
누가 세상을 빠져나간다
명복을 빈다)
마을버스 정류장 앞에 있는
다이소에서 박세현의 신간시집 썸을 샀다
표사를 읽는다
썸은 무슨 뜻인가요?
(귓속말로) 썸은 썸이지요
나는 쓴다
밥 딜런(82) 탐 존스(83) 폴 메카트니(81)
폴 사이먼(81) 조영남(78) 송창식(76)은 여전히
살아서 남루한 시대의 모서리를
남루하게 어루만지고 쓰다듬어주기를

나는 쓴다
나는 정색한 사람이 싫더라
정직한 인간도 그렇더라
왠지 속는 것 같기 때문이지
다른 뜻은 없다
친구들과 종로에서 회동했다
점심 먹고 커피 마시고 원남동을 걸었다
여름과 가을 사이
한 줄의 삶을 건너간다
인문학 얘기 한 줄 없이도 이렇게 즐겁구나
인문학은 물엿이나 먹어라
마지막은 종묘 특집이었다
이렇게 좋은 超가을 날
내가 만든 균열 사이로 바람이
분다 첫가을의 첫바람

((시가 길어져서 쓰는 것도 읽는 것도 쉬어간다.
쉬다가 이 자리로 돌아오지 않아도 상관없다.
쉬어가거나 종이 밖으로 도망갈 수 있도록

만들어놓은 시의 여백이다.
인터미션이라 생각하시고 화장실도 다녀오시고
컵휘를 드셔도 좋은 시간입니다.
시를 읽느라 긁지 못한 가려운 곳을
눈치 보지 않고 긁을 수 있는 시간입니다.
이 문장은 시 본문이 아니므로 낭독할 경우는
건너뛰고 읽는 것이 좋을 것이다))

87

나는 쓴다
더 이상의 독자는 없지만
더 이상의 독자를 요구하면서
자판공사를 벌이는 시인들을 연구한다
나는 쓴다
신간 시집은 일주일이면 맛이 간다
호소할 데가 없어도 단식하는 시인은 없다
그것이 시인의 상태다
다만 그렇다 나는 더 그렇다
나는 쓴다
87세의 우디 앨런이 불어대는

클라리넷을 들으며 잠든다
그가 쓴 벙거지가 잠시
허공에 붕 뜬다
그가 촬영한 영화를 다시
볼 수 있을 것인가
나는 쓴다
홍상수의 영화가 개봉된다
70대 시인을 연기하는 배우
배우 기주봉의 포스터 표정은 시작과
끝을 동시에 보아버린 얼굴이다
'우리의 하루' 그건 나의 하루라고
나는 쓴다
이 얘긴 앞에서 썼지만
또 쓰고 다시 쓴다
한때 전성기를 누렸던 톱가수가 배낭을 메고
정처 없이 전국을 유랑한다 사연이야
그 사람 것이지만 어찌되었든
방년 85세의 출가자는 급수가 있다
시인이 참고할 일이다

나는 쓴다
어떤 소설가를 좋아하냐고 물었다 블라블라 그런 소설가는 없다고 했다 나는 블라블라를 읽은 적이 없고 그의 책도 없다 존재하지 않는 작가인지도 모르겠다 좋아한다는 말은 내가 즐기는 퍼즐이다 부코스키가 더 낫지 않느냐고 말하면서 우리는 각자 웃었다 부코스키는 자기를 개자식으로 연출하면서 세상을 퉁쳤다 개자식도 급수가 있다

나는 쓴다
나훈아가 부른 명자에는 흘러간 1970년대
조국 근대화의 개발도상국적 시달림의 원형이 들어있다
내가 1953년생이라는 걸 넌지시 귀띔한 노래
문학이 못한 뒤치다꺼리를 노래가 하고 있음이다
나는 쓴다
업데이트 된 작가의 일기
'소설 쓰기 싫은 날'을 읽는다
소설가의 일기를 기다리는 작은 흥분이 있다
'오한기 팬 클럽 회원 모집'이라는 시를 썼는데
소설가한테까지 도달하지 않은 모양이다
중계동에 팬이 두 명 정도 생길 것 같다

나는 쓴다

나도 무언가 좀 써야겠다

쓴다는 일이 부질없음을 알게 된 날부터

나는 더 열심히 써야겠다고 다짐한다

인류사의 최고 가치는 부질없음이다

문학과 시장통의 각종 인문학은

부질없음의 절정에 바쳐져야 한다고

나는 쓴다

전철을 타고 4호선 끝까지 간다

사랑의 끝 정신의 끝

끝까지 갔다가 돌아올 수 있다면 그건

끝이 아니라고

나는 쓴다

늦은 밤 책상에 앉아

시를 고치고 있을 당신에게

끝까지 파보지 못하고 돌아오는 당신에게

시집 교정본을 만지작거리면서

커피를 마시고 있을 당신에게

나는 쓴다

한대수(75)와 블루스 연주자 김목경(66)이
신촌 해장국집에서 감자탕을 먹고 있는 사진에
소주 두 병
연약한 인생이라고
나는 쓴다
가을엔 시를 쓰겠다
텅 빈 시를 쓸 것이다

문맹자만 읽을 수 있는 시를 써야겠다
시가 아닌 시만 써야겠다
시집에 사인을 요청하는 사람에게
낮은 목소리로 단호히 말할 것이다
이제 우리 좀 이러지 맙시다
그렇게 말하고 최인훈 축제 뒷자리에서
독자라는 광활한 자유를 껴안는다
시가 길어지는구나
긴 것은 시가 아니다
시를 썼는데 시가 아니라면 무엇인가
(내가 시방 장시를 쓰고 있는가
시가 늘어진다고 장시는 아니겠지

그냥 장거리 구시렁거림이라고 하면 안 될까?
그렇게 읽어주면 안 될까?
어디서 끝을 맺을지 몰라서 우물거리다가
낯선 곳에 이르러 마침표도 생략한다
독자들의 양해를 구한다)
부질없음은 세상적 환희의 끝간 데
눈물 없이 평키하게 울고 있는 새의
울음을 수어로 받아 적는 밤
이 시는 누가 읽는가
다시 쓴다
이 시는 누가 읽는가
(초고에는 불을 끄고 내가 읽는다고
썼지만 심심하고 한심한 울림이 걸려서
끝줄은 지워버린다
그러니 이 시는 끝나지 않은 채로다)

[뒷글]

사적인 다큐멘터리
저서 목록

사적인 다큐멘터리

—낭독극 형식으로

1

나는 통산 서른 몇 권의 서적을 한국문학에 납품했다.
이제 저 책들을 버리면서 살아야 한다. 성가신 날들이다.
무모한 작업에 몰두한 나에게 비릿한 박수.
시는 왜 쓰는가.
못 들은 척 하겠다. 나는

지금 청량리행 KTX에 앉아 연필로 메모하는 중이다.
옆자리에는 대학생 류의 여자가 자고 있다.
자는 척 하는지도 모른다.
자는 것과 자는 척은 차이가 없다.
시집의 포맷이 늘 같군요.

그렇습니다.
새롭지 않군요.

그렇습니다.

아이디어 고갈인가요?

그렇습니다.

고만 써야 하지 않겠습니까?

그렇습니다.

그렇습니다밖에 모르시는군요.

그렇습니다.

2

열차가 조용히 미끄러지며 강릉역을 벗어난다.

12시 23분 발. 청량리 14시 07분 도착 예정.

강릉이여, 안녕.

3박 4일간 숨쉬었던 작은 도시여, 안녕히.

이 느낌. 참 고스란하다. 떠난다는 것. 벗어난다는 것. 그것만이 새롭다. 모든 여행이 그렇듯이. 여행만이 여행은 아니다. 시를 쓸 때 행을 바꿀 때, 연을 바꾸는 순간도 마음과 생각은 달라진다. 그 순간순간은 여행이다. 내가 살아보지 못한 시간들. 살았지만 겪어보지 못한 삶의 결. 무엇인가를 안다는 것은 안다고 믿는 것이다. 살았다고 인생을 다 아는 것은 아니다. 아는 길도 물어서 간다. 그렇듯이 그러나 시는 인생과는 다르다. 안다고 쓰지만 그건 문자적 앎에 지나지 않는다. 행을 바꾸면서 연을 옮기면서 나는 다른 삶을 산다. 시가 아니었다면 통과하지 못했을 지점을 만나게 된다. 그것이 시를 쓴 보람이라고 해야 하나. 보람이라는 단어를 이런 때에 쓰게 되는 문자적 어색함이라니. KTX는 정시에 출발했다.

차창 밖으로 지나가는 밋밋한 풍경들이 눈에 들어온다.
며칠 전에 내린 눈으로 들판은 온통 희다.
별다른 감각 없이 열차 밖의 파노라마를 관망한다.

연하게 흔들리는 열차에 앉아 있으니 햇살 잘 드는 공립도서관 열람실에서 1950년대의 시집을 읽는 기분이다. 열망으로 분주하던 시대의 시들이 그립군. 내 육체는 평온을 유지한다. 정신이 빠져나간 먹통 같은.

3박 4일 동안 강릉집에 머물면서 어두운 서재방의 진공 속에서 뒹굴었다.
내가 밑줄 그으며 읽었던 책들.
읽지 않고 읽은 척 했든 책들. 하릴없이 낡아버린 책들.
작가의 서재는 산업기밀이라고 최인훈이 말했던가. 나는 그 말에 웃는다. 내 서재는 대체로 문학에 매몰된 서재다. 1970년대와 1980년대에 열심이었던 작가들의 책이 주종이다. 나의 글쓰기는 1970년대와 1980년대에 붙잡힌 인질이다. 우중충하기 그지 없는 나의 세계여. 세계라고 할 것도 없이 좀이 먹은 세계여. 작가보다 작품보다 그것들을 여실하게 품고 있는 오래 묵은 종이냄새가 더 그립다. 그게 나에겐 문학이다.

3

열차가 진부역에 도착한다. 12시 42분.
희끗희끗한 눈발. 왠지 이 동네 눈이 눈의 원본 같다.
내가 탄 10호차는 내리는 사람도 없고 타는 사람도 없다.
열차는 기계적으로 한 번 섰다가 출발하는 셈이다.
역무원이 수시로 열차 내를 순찰한다.
그들은 다른 칸으로 옮길 때마다 실내를 향해 목례를 한다.
화장실을 다녀오면서 나도 객석을 향해 꾸벅 목례를 할 뻔 했다.
순간적 전염이다.

처녀 여선생이 수학문제를 내고 있었다. 전깃줄에 참새가 다섯 마리 앉아있는데 포수가 총을 쏴서 한 마리를 맞추면 몇 마리가 남지? 꼬마가 대답한다. 한 마리도 없어요. 다 도망갔으니까요. 정답은 네 마리란다. 여선생이 말한다. 하지만 네 생각도 일리가 있는 걸. 열차가 1분간 정차한 뒤 다시 출발할 때 틱톡에서 본 동영상이 떠올랐다. 일리 있다는 말이 일리 있게 다가왔다. 내가 시집 뒤에 이런 글을 타자하고 있는 것도 내게는 일리 있는 일이라고 믿고 있다. KTX 안에서 할 수 있는 일이란 많지 않다. 반쯤 눈을 감고 함부로 떠오르는 잡념의 바닥을 뒹구는 것이 제일이다. 두서없이 머릿속을 둥둥 떠다니는 생각들.

핵물리학자 오펜하이머가 트루먼을 방문하여 핵무기는 자제

되어야 한다고 바른소리를 하는 장면. 당신은 이론만 제공하면 되고 책임은 내가 진다고 트루먼은 단언한다. 방문을 나서는 오펜하이머의 등에 대고 트루먼은 투덜거린다. 앞으로 저렇게 징징대는 자들은 데려오지 마. 징징거린다는 자막 번역에 밑줄. 상영시간 세 시간. 오펜하이머. 전기영화의 메시지는 상식 수준. 대사로만 진행되는 드라마의 속도와 정확한 대사에 영감을 받는다. 스크린에 투사된 현실이 훨씬 리얼하다.

그러고 보니 지난 해도 영화를 많이 봤군. 이것저것. 그중 기억나는 영화는 '붉은 장미의 추억'이다. 원작은 1962년도 노필 감독의 것인데 필름은 사라지고 시나리오만 남은 것. 이 영화는 낭독극을 촬영한 영화(?)다. 배우들이 마이크 앞에서 대본을 낭독한다. 배우들의 딕션은 1960년대의 그것이다. 신성일식의 말투다. 문어체와 구어체의 타협같은 말투가 어색하지만 그 어색함이 색다른 의미의 공간을 파놓는다. 신파극 같은.

나는 시집 뒤에 아포리즘 비스무리하면서 그것도 아닌 이상한 글을 몇 번 썼다. 시의 곁길에서 그런 글들이 나도요, 하고 흘러나왔다. 시에 담기지 못한 자투리 문장들이다. 그냥 그렇게 하는 편이 편했다. 이번 시집도 그런 포맷과 다름없다. 누구의 입맛에도 맞지 않겠지만. 나는 앞의 문장이 되게 사랑스럽다. 마구. 젊어서는 이 길이 최선이자 최고라고 믿었다. 좀 더 나이 들어서는 그래도 이게 괜찮은 거지. 더 나이 들어서는 이것밖에 없으니 끼고 살아야지. 그러다가—그러면서 여기까지 왔다. 더 갈 데가 없으니 이제는 이것이 그래도 그중 제일이라는 듯이 믿고 살아야 한다. 오디오와 아내는 자기 것이 최고라고 믿는 황시인처럼. 그 원로시인의 언어적 제스처가 좋다. 생각이 이 부근을 지날 때

KTX는 평창역에 도착했다. 12시 50분.
몇 사람이 내리고 몇 사람이 열차에 올라서 자기 자리를 찾는다.
잠시 앉았다가 누군가에게 물려줄 자리.
2분간 정차하고 열차는 다시 출발한다.
역시 원본에 가까운 산간지역의 눈발이 희끗거린다.
진부보다 더 원본에 가까운 눈발은 상계역 주변에서 흩날리던 밤벚꽃의 이미지를 불러온다.

4

순찰을 마친 여자 역무원이 옆 칸으로 이동하면서 차내를 향해 목례를 한다. 출입문 가까이 앉은 나는 또 인사를 하려고 했다. 실제로 그러지는 않았다. 그때 앞에서 썼던 틱톡 동영상 후속편이 떠올랐다.

영리한 꼬마는 자존심이 상했는지 여선생에게 반격했다. 선생님 이번엔 제가 문제를 낼 게요. 세 여자가 아이스크림을 먹고 있는데 한 명은 핥아먹고 한 명은 깨물어먹고 다른 한 명

은 빨아먹고 있어요. 어떤 여자가 결혼한 여자일까요? 얼굴이 빨개진 여선생이 대답했다. 아마 빨아먹는 여자가 아닐까? 틀렸어요. 정답은 결혼반지를 낀 여자예요. 하지만 선생님의 생각도 일리가 있네요.

나는 밋밋하게 웃는다. 그리고 일리라는 말을 곰곰 생각하기 시작했다. 모든 문제에 답이 있는 건 아니듯이 매사가 일리에 의해 작동되는 건 아니다. 일리는 원칙이나 이론이 아니다. 그저 일이 되어가는 그 순간의 사정이다. 내가 이렇게 뒤죽박죽인 글을 끄적이는 사정에 대해서 누구는 말할 수도 있다. 당신의 글은 당신의 편견이다. 하지만 당신의 생각도 나름의 일리가 있어 보인다고.

박세현문학연구소를 개설하고 조촐한 개막식을 치렀다..
초대했던 지인 두엇은 일정이 생겨 불참했다. 나 혼자 촛불을 켜놓고 개소식을 가졌다. 연구소에서는 독거연습을 하게 될 것이다. 책상 하나에 의자 하나가 집기의 전부다. 음악을 흘려주는 친구 블루투스만은 예외다. 개소식 자축 기념으로 산책을 한다. 흐린 가을 아침이다. 산책길에는 春三月이라는 간판을 단 술집이 있다. 볼 때마다 몸이 밝아진다. 하루의 대부분은 연구소에서 보내게 될 것이다. 아무것도 연구하지 않는 연구. 내 시는 초고에서 시작하여 헤매다가 초고로 돌아온다. 이것이 내 시쓰기의 가련한 여정이었던 것. 개소식 기념으로 시 한 편을 썼다. 내가 왜 이런 시를 썼는지 애매하지만 시적 인 일리가 있기를 바라마지 않는다.

이상의 아내는 외출하고
이상은 집에서 오감도를 다시 쓰고 있다
고가디어다은들해아의인13
다있고하주질을목골른다막서아남만명한
다친를수박고추멈를기쓰은상이
여해아의나는없겁여해아
그때 이상의 아내가 보낸 카톡이 뜬다
급한 용무가 생겨 오늘 집에 못 들어갑니다
이상은 그때까지의 시를 모두 삭제하고 하하하
웃는다

팬데믹 이후 나는 매년 세 권의 책을 인쇄했다. 그러니까 2020년부터 이후 4년간 13권의 책을 펴냈다. 나만 알고 있는 '팩트'다. 마돈나가 싱글 앨범을 내는 것보다 더 빠르게 책을 냈던 지젝이 떠오른다. 미쳤지. 넘어가자. 나도 놀라는 이 무모한 물량은 무엇인가. 창조적 에너지의 과잉인가. 물량에 대한 과시인가. 난감한 이기심인가. 급성 설사인가. 어떻게 말해도 달라지는 건 없다. 나는 그저 썼을 뿐이고 그 원고를 인쇄해준 출판사가 고맙다. 요 몇 년간 지속된 나의 다산성은 단지 미궁이다. 미궁에 나를 던져 넣는 게임이었다. 그러면서 나는 이상한 사람이 되었거나 다른 사람이 되었다. 언어적인 세계에서 벗어나야 한다. 언어가 찍어내고 있는 목전의 현실을 진짜의 세계라고 믿지 않게 되었다. 내가 시집을 내는 의미가 있다면 한국문학장에 원격으로 가담하면서 그 현실에 충분히 동의하지 않겠다는 문자행위다. 문학이라는 약정 구조를 이탈하는 개인적 실천이다. 이단만이 살 길이다.

포천 고모리 저수지에는 김종삼 시비가 있다.
중년 이후의 여자가 물티슈로 시비를 닦는 것을 보았다.
가끔 그렇게 하는 것이 건강에도 좋다고 그이가 말했다. 이 내용은 사실과 다를 수 있다. 시인 김종삼이 김영삼 전 대통령과 어떤 관계냐고 묻는 사람에게 나는 귓속말로 대답한다. 성이 같습니다. 그렇게 말하고 나면 괜히 기분이 밝아질 때도 있다. 여자 스커트를 입고 있으면 자신이 아름다운 시의 몇 행이 된 듯한 기분이 들어서 여자 스커트를 입는다는 하루키 소설의 고야스 같은 느낌은 물론 아니지만.

책을 왜 같은 출판사에서만 내느냐는 질문을 받기도 한다. 책을 내주는 출판사가 없다. 그게 이유의 전부다. 빙그레 웃으면서 대답한다. 줄창 문지에서만 책을 내는 시인이 있듯이 그런 흐름으로 이해해주면 안 될는지. 좌탈입망 세대에게 누가 제작비를 지출하겠는가. 현실은 컬러풀하지만 계산은 꼰대다. 나의 책을 만들어주는 출판사는 솔직하고 심플하다. 감사할 뿐이다.

메이저 출판사(는 누가 그런 이름을 붙였는지 모르지만 좀 우습다)는 일종의 체제다. 체제는 비체제를 억압한다. 문학의 흐름을 선취하고 있다는 듯이 다른 출판사의 문학적 영역을 주변화하는데 집중할 뿐이다. 문학은 본질적으로 비체제적이다. 문인은 당면하고 있는 출판지형의 장악력에서 자유로와야 한다(그런 제스처라도 가지고 살아야 한다). 집권 세력인 출판사의 선택권 밖에 있다는 소외감을 넘어서서 하고 싶은 말이다. 제삼지대가 있어야 한다. 책이 팔리느냐는 질문을 받을 때는 마음에 큰 구멍이 생긴다. 시집을 판매하는 영업은 솔까 뻰뻰스런 노릇이다.

선생의 서적 『난민수첩』은 몇 권 팔렸나요?
한 서너 권. 두 권은 저자 구입본입니다.
저자가 죽으면 좀 팔리는 모양이던데요.
죽었는데도 안 팔린다면 어떻게 되는 거지요?
괜히 죽은 거지요.

5

열차는 횡성역을 향해 진행 중이다.
창밖은 봄 같다. 오늘이 며칠이지? 입춘도 오지 않은 시간대다. 그럼 겨울이군. 내가 봄을 기다리는군. 딱히 기다려야 할 이유는 없으면서. 기다려야 오는 계절이 봄인가. 봄은 '기다리지 않아도 오고/ 기다림마저 잃었을 때'도 온다'(이성부). 봄은 짧다. 다른 계절은 두 음절인데 봄은 단음절이다. 속도가 다르다. 봄. 봄봄. 봄봄봄. 안단테 칸타빌레라. '봄날이어서 가능한 비현실의 꿈길'(정효구)을 걷고 싶네. 휴대폰 검색을 한다. 오늘 축구 경기. 위대한 개츠비 낭독회. 여행자의 필요. 철학으로의 여행. 연극이 끝난 후. 중계동 날씨. 밤의 피크닉을 밤의 테크닉으로 잘못 검색하다. 이건 손가락의 무의식인가.

쓴다고 썼지만
이제 시도 더는 듣지를 않는다.

나는 혼자 피시식 웃는다. 시를 속이면서 시에 속으면서. 사랑에 속고 돈에 울면서. 나의 시쓰기는 자기만족이다. 자기만 족하면 된다. 자기만족은 운명적으로 기만을 안고 있다. 자기를 속이면서 자기에게 속고 싶은 것이다. 내게 시는 그렇다. 진정성 어쩌구 저쩌구. 표현의 새로움 등등. 그런 말들이 내 귀에 들어오지 않은 지 오래. 나의 딕션이면 충분하다. 신념을 가지면 꼰대가 된다. 확신처럼 지저분한 것은 없을 것. 시쓰기에도 내성이 생긴다. 그런가 보다. 삶이 잠깐 누추해지는군.

이 시집 직전에 문학 에세이 『봉평 세미나』의 교정을 마치고 인터넷에 올릴 내용을 수정했다. 자기 책에 대한 정보를 저자

자신이 작성하는 기분은 좀(더 많이) 낯이 간지러운 일이다. 선생님, 이건 편집부 소관입니다. 저희들이 알아서 하겠습니다. 이렇게 말해주는 편집부 직원이 있다면 자작쇼는 하지 않아도 좋겠지만. 어떻게 써도 글은 과장되고 왜곡된다. 자기 글은 자기가 잘 안다는 착각이 그런 부정확을 만들어낸다. 그런 줄 알면서도 쓴다. 아래에 붙여놓은 두 개의 단락은 내가 작성한 문장이다.

이 책은 시라는 환상에 어떻게 속고 있는가에 대한 근본적인 의문에 응답하려는 저자의 일관된 편견과 비좁은 아집과 가벼운 독설로 물든 무삭제판 에세이다. 저자의 서른 번째가 되는 이 책에 인쇄된 에세이와 스무 편의 시가 도달한 곳은 우리가 기득적으로 알고 있는 시의 국토는 아니다 그곳은 더 낯설고 더 먼 언어 저 너머의 어떤 미지로 읽힌다. 문학에세이라는 부제가 가리키듯이 이 에세이들은 시와 시인의 존재론적 현상에 대한 저자의 관념(혹은 신념)을 방심하듯이 흘려 쓴 책이다.

박세현은 박세현처럼 쓴다.
그는 다른 필기방법을 모른다. 그가 꾸역꾸역 또는 반복적으로 산문을 쓰는 것은 시에서 흘러나온 부산물을 담아내는 작업은 아니다. 그렇다고 시의 행과 행 사이에 걸쳐있는 여백에 대해 묻고 따지는 일도 아니다. 그가 쓰고 있는 산문은 말하자면 산문이고 말하자면 에세이인 것이다. 다시 말해 어떤 명명에도 적절히 부합하지 못하는 임시 팻말과 같은 호명이다. 번외와 같은 저자의 시가 그렇고 그의 삶도 이러한 도정을 연기하고 있다. 봉평은 강원도의 지명이고, 세미나는 학구적인 용어지만 책에서는 이 두 가지에 대한 해명은 없다. 봉평과 세미나를 기반으로 쓰여진 에세이가 아니라는 말이다. 그것은 일종의 맥거핀이다. 에세이 속에 이러한 단서가 희미하게 박혀 있을 뿐이다. 스무 편의 시가 에세이 한가운데에 탑재되어 있는 것도 나름 특별하다. 시와 에세이가 서로에게 기대면서 혼종적으로 흘러가는 형식이다.

내 생각이 이곳을 지나갈 즈음에 열차는 횡성역 구내에 접어든다. 13시 06분. 1분간 정차다. 부부로 보이는 중년. 대학생류 한 명. 나이를 가늠할 수 없는 여자 한 명이 객실로 들어온다. 여자가 내 옆에 와 선다. 그리고 말한다. 저, 표좀 보여주시겠어요? 여긴 제 자린데요. 나는 표를 보여줬다. 선생님은 앞자립니다. 죄송합니다. 나는 일어나서 내 자리로 옮긴다. 내가 이렇다. 횡성까지 남의 자리에 앉아서 왔다니. 쪽팔림은 순간이다.

그동안 꾸역꾸역 시를 썼다.
시에 대한 무한 애정으로 쓴 건 아니다. 그러는 게 좀 편하겠다고 여겨서 그렇게 해왔을 뿐이다. 노느니 염불. 솔직히 말해 시가 싫어지는 게 뭣해서 열심히 쓰는 척 가장해왔음이다. 시에 대한 싫증을 감출 길이 없어졌다. 시 같은 시가 지겨워진 지 오래. 쓰나마나 한 시를 쓰고 싶다.

나는 여태 듣도 보도 못한 시를 기다렸다.
이르는 바 진정한 듣보잡 시. 선상반란 같은 시를 기다렸다. 너무 뻔해서 시 같지 않은 시가 좋다. 하찮고, 뻔하고, 시시하고 야만적이고 불쾌하고 쓸쓸한 시. 예를 들면. 예를 들 수 있다면 좋겠지만. 예는 아니고 정현종의 '시인의 말'이 이 대목을 엿보면서 지나간다.

조시 한 편과 추모시 한 편
지난 시집에 넣어야 했는데
이번에 찾아서 넣었다.
2022년 10월
정현종

시를 왜 잘 써야 하는가. 동의하지 않는다.
시의 전선은 눈앞에서 타오르고 있을 뿐이다.

열차는 정확하게 1분 정차 후 다시 출발한다.
오늘 따라 열차를 운행하는 기관사가 고맙다.
시간을 엄수한다는 이유 하나로.

눈을 감고 아무 생각도 하지 않기로 한다.
다음은 서원주역이다.

6

눈을 감고 열차의 진동에 몸을 맡기니 몸의 오지에 숨어 있던 생각들이 각자의 자리에서 일어난다. 근거 없이 달려드는 생각이지만 그 생각 나름으로는 다 근거와 일리가 있을 것이다. 몸의 주인은 모르지만. 예술가의 90%는 죽으면 10분 안에 잊혀진다고 한다. 에드워드 호퍼의 말이다. 조금 수정해도 된다. 대개의 예술가는 생전에 죽음을 경험한다. 나머지의 여생은 자신의 예술가적 사망을 확인하는 시간일지도 모른다. 깨끗이 잊혀지는 예술가가 진정한 예술가다. 관점에 따라서는. 열차가 끌꺽 하면서 서원주역에 들어선다.
13시 20분. 내 생각도 잠시 멈춘다. 다음역이 청량리군.

무엇을 쓸 것인가. 어떻게 쓸 것인가. 아직도 나는 이런 생각, 이런 고민이다. 칠순역을 지나면서도 이런 생각을 이기지 못하고 있다. 이 부근이면 무게를 잡고 자신의 문학관을 피력할 수 있어야 한다. 나는 그런 게 없다. 당신의 시론은 무엇인가. 이런 질문 앞에서 잠시 생각하는 척 하다가 말하고 싶다. 다음에 말씀드리겠습니다. 나는 따로 시론이 없다. 내 열 손가락에 열나게 기댈 뿐.

어제 쓴 시는 어제만큼 낡았다.
추레하다. 그냥 문장을 끝내기 아쉬워 농담처럼 몇 마디 추가. 이론과 여론의 지원없이 쓰여지는 시를 나는 지원한다. 무소속의 시. 무잡한 시. 저 변방오랑캐의 시. 석사과정 정도의 평론가가 정색하고 읽으면서 시가 아니라고 단정하는 시, 신춘문에 예심에서 심사자들의 짜증을 유발하고 쓰레기통으로 던져지는 시, 상투적인 시, 상투성이 어때서?

시를 쓰자.
이 문장을 남몰래 지나가는 시.

23시 22분. 열차는 청량리를 향해 출발한다.
계란이요. 계란이 왔어요. 문득, 옛날 홍익회 회원이 팔던 완행열차가 추억된다. 삼등. 삼등열차. 그때가 좋았다. 그러나 남들 보기 전에 얼른 이 문장들은 삭제한다. 흑백으로 지나가는 추억도 함께.
잠시 끊어졌던 생각들이 두서없이 떠오른다.
생각을 관망한다. 참선하듯이.

시는 질서에 무질서를 부여하려는 문자조립이다.
난동, 땡깡, 삿대질, 난리 블루스, 발광. 크레이지 러브.
서정시, 막서정시, 디카시, 폰카시, 카톡시, 막시, 정부시, 반정부시, 노동시, 여자시, 남자시, 젊은시, 늙은시, 더 늙은시, 천천히 늙은시, 함부로 늙은시, 아주 늙은시, 서울시, 세종시, 반드시, 잠시, 홍시, 영시, 역시, 짐 자무시, 날것으로 먹는 시, 구워먹는 시, 튀겨먹는 시, 볶아먹는 시, 삶아먹는 시, 혼자 먹는 시, 5월 햇살에 말려먹는 시, 쓰여진 시는 할인 매장에 진열된 이월상품이 아닌가요? 반응없음. '꽃이 지기로서니 바람을 탓하랴. 꽃이 지는 아침은 울고 싶어라.' 조동탁. '칠이 벗겨진 천상병 씨의 시계에 남도 저녁노을이 비낀다' 김규동. 석기시대는 돌이 부족해서 끝난 것이 아니다. 아흐메드 자키 야마니. 지금 나는 몇 시인가?

봉선사 큰법당으로 가는 오르막 길
긴 지팡이를 짚은 노스님이 지나간다
춘원 이광수 기념비 앞
연꽃 없는 연못을 배경으로 걸어가는 스님의
여여하게 굽은 등이 왠지
출가를 후회하는 것처럼 보였다.
내 생각이다.
내가 시 쓰는 것을 조금씩 후회하듯이.

서원주를 지나면서 KTX는 차분해진 듯 하다.
이것저것 생각할 것 없다는 듯이 쭈욱 내달린다.
나 역시 그렇다. 40여 분 더 가야하지만 마음은 늘 먼저 도착한다. 청량리에 도착하면 누군가에게 톡을 날리고 싶은데 수

신자는 없다. 그렇군. 모든 관계는 소진되었다. 관계에 연연하지 말 것. 관계없는 관계를 주목할 것. 오래된 인연과 헤어질 것. 이승훈의 시를 검색해서 읽어 본다. 열차의 속도에 맞게. 제목은 「모든 사람이 쓰고 싶은 시에 대해」.

"요즘엔 모두가 시를 쓰고 싶어한다 그 이유는 아무도 모르지만 그래도 모두가 시를 쓰고 있다 돈을 위해서 쓰는 사람도 있고 명예를 위해서 쓰는 사람도 있고 심심풀이로 쓰는 사람도 있고 (이승훈 씨 같은 사람) 재미로 쓰는 사람도 있고 직업으로 쓰는 사람도 있고 그냥 쓰는 사람도 있고 자기를 위해 쓰는 사람도 있고 아무도 자기가 쓴 시를 안 읽어도 전혀 관심이 없는 사람도 있고 ((박세현 같은 사람, 시 본문과 구분하기 위해 나의 것은 겹괄호를 쓴다)) 전혀 안 쓰는 사람도 있고 쓰려고 벼르고 있지만 아직 한번도 안 쓴 사람도 있고 한때는 시를 쓰려고 했지만 지금은 전혀 관심이 없어진 사람도 있고 언젠가는 시를 쓰려고 생각하는 사람도 있고 시를 쓰기를 포기한 사람도 있고 오래전에 포기했던 시쓰기를 새로 다시 시작하는 사람도 있다 시 대신 소설을 쓰는 사람도 있고 수필이나 수표나 저속한 농담이나 화장실에서 낙서만 쓰며 사는 사람도 있고 물론 시를 쓰려는 생각을 한번도 해보지 않은 사람도 있고 (이승훈 씨 아내 같은 사람) 시를 쓰기를 시작하기 전에 역겨워져 포기한 사람도 있고 쓰던 중간에 중단한 사람도 있고—물론 자기는 결코 시를 쓸 능력이 없다고 생각하면서도 시도하는 사람도 있고 자기는 시 쓸 능력이 없다는 것을 알면서도 어쨌든 쓰는 사람도 있고 ((시 쓸 능력 따위는 애초에 없다. 그런 것에 연연하지 않고 쓰는 사람이 시인이다)) 자신은 시를 쓸 수 없다는 것을 알기 때문에 시도해 보지 않은 사람도 있고 절망감에서 시를 쓰기를 포기한 사람도 있고 영원히 끝낼 수 없는 빌어먹을 시를 포기하지 않고 계속해서 쓰는 사람도 있다 (다시 이승훈 씨 같은 사람) 중간에 그만 두었다가 다시 시작하는 사람도 있다 시쓰기에 비참하게 실패하는 사람도 있고 처음엔 실패하지만 곧 성공했다가 나중에 다시 실패하는 사람도 있고 ((여기까지 읽다가 쉬기로 했다. 참고 있던 웃음을 마음놓고 웃어보자. '처음엔 실패하지만 곧 성공했다가 나중에 다시 실패하는 사람'에 대한 련민. 련민. 련민. 김승옥식 련민. 누군들 실패하는 시를 쓰고 싶겠는가. 련민은 나의 것이다. 웃음 뒤끝에 번졌던 우울감을 수습하고 이어서 읽는다.)) 자기가 쓴 시를 불태우는 사람도 있고 불태운 다음에 다시 새로운 시를 쓰는 사람도 있고 시를 써서 쓰레기통에 넣는 사람도 있고 그럴 가치도 없는 시를 계속 쓰레기통에서 꺼내 출판사에 보내면 출판사에서는 또 다른 쓰레기통에 그걸 던져넣는 사람도 있고 좋은 시를 못 썼다고 생각해서 아무에게도 보여주지 못하는 사람도 있고 스스로 걸레 같은 시를 썼다는 사실을 인정하지 못하는 사람도 있고 등등…."

매 시점마다 시쓰기의 맹랑함과 덧없음을 돌아본다.

이렇게 써도 되느냐에 대한 망설임이다. 망설임은 한없는 한이다.
이렇게 써도 된다는 신념, 확신처럼 멍청한 것은 없겠다.
그거야말로 시를 모욕하는 일이다.
주저하며 쓰는 거야.
내 망설임의 끝은 죽음이다. 시의 죽음이다.
박세현처럼 쓰자. 박세현처럼은 뭐냐 이거지!
걸레 같은 시나 쓰자.

시 쓸 때 정색하는 습관은 우스운 일.
늘 조심하자.

내가 쓰고 있는 시가 어떤 뜻인지 모르겠다면
충분히 잘 쓰고 있는 셈이라고 나는 믿는다.
무슨 말인지는 모르겠으나 나름 일리가 있다(고 본다).

『아무것도 아닌 남자』(오비올, 2017) 『갈 데까지 가보는 것』(예서, 2021) 『아주 사적인 시』(예서, 2022)는 내 시집이다. 세 권의 시집에는 대략 900편의 시가 실려 있다. 정확한 편수는 나도 모르고 있다. 900편이라 퉁친다. 따진다고 달라질 게 없다. 내 시에 달아야 할 주석은 남아 있지 않다. 쓸 만큼 썼군. 살만큼 살았다는 뜻. 심리적 결재. 더 쓸거리가 남았는가. 더 쓸 여지가 없습니다. 그럼 자판에서 손을 거두시게. 네. 그게 좋겠습니다. 잘 아시겠지만 시를 쓰는 시대가 아니라네. 알고 있습니다. 버스 꽁무니에 대고 손을 흔들면 뭐하겠는가. 그렇지만. **그렇지만** 이후는 당신의 잡음이 아니던가. 그렇지만. 계속 그렇지만 이후를 살고 싶으신가. 시를 다 썼다고 생각하니 이제부터 써야겠다는 발심이 일어납니다. 헛소리겠지. 진정한 시는 진정한 헛소리 아닐까요? 진정한을 빼면 좀 말이 될 걸세. 옳습니다. 당신은 지금껏 시를 썼지만 무얼 썼단 말인가. 돌아보시게. 지금 돌아보는 중입니다. 많이 쓰셨지? 네. 헛배를 채운거지. 알고 있습니다. 게다가 동어반복이지. 그렇지만. 또 그렇지만이신가. 그렇지만 시는 동어반복입니다. 확신인가? 들이대시는 건가? 확신하면서 들이대는 겁니다. 말씀해 보시게. 통사적으로 봤을 때 새로운 시란 있을 수 없다는 뜻이고, 시인의 경우는 늘 그 타령일 수밖에 없다는 뜻에서 그렇습니다. 시가 새롭다는 것은 새롭다는 착각에 기대는 가설이고, 학문적 설정입니다. 자기를 갱신한 시인은 없습니다. 늘 그 타령이지요. 늘 쓰던 시를 늘 쓰던 대로 쓰지요. 좀 헷갈리는군. 계속해 보시게. 날마다 다른 순간이 닥쳐오지만 그 순간마다 다른 방식으로 응전했던 시인이 있었던가요? 다들 자기 시대, 자기 시대의 흐름, 자기 시대의 속도에 맞춘 시를 쓰지요. 더구나 자기가 익힌 창법으로 노래하지요. 그리고 강호제현의 댓글세례를 받기도 합니다. 그러니까 그게 문예의 일반적 관행이 아니겠습니까. 당신은 지금 뭔가 까탈을 부리고 있다네. 사실을 사실대로 말하고 있습니다. 열심하는 시인들에 대한 예가 아니라네. 시가 열심하는 장르이던가요? 그건 나도 모른다네. 수백 편을 썼다고 해도 시인은 한 편을 쓰고 있는 겁니다. 그 말 그럴 듯 하군. 당신 말인가? 내 말처럼 쓰고 있습니다. 남들 비슷하게 쓰면 폭망할 것이네. 나는 망할 일이 없습니다. 왜? 이미 망했는데 망하고 말고가 있겠나요. 옳은 말씀! 축하. 기왕이면 잔해도 없이 폭삭 망하기를 빌겠네. 충분히 그렇습니다. 그렇지만. 당신은 그렇지만으로 이어지는 잔여에 대한 여지를 놓지 못하시는군. 그렇습니다. 그렇다면 그렇지만 이후에 사후적으로 충실하시게. 그게 또 삶입니다. 삶의 의미는 삶이다. 톨스토이의 말이던가? 시의 바닥이 드러났지만 그 바닥을 들여다보는 시도 필요하다고 봅니다. 그러시게. 시는 현재도 과거도 아니고 언제나 미래형이겠지. 퇴행성도 전진입니다. 쓰여지지 않은 시, 쓸 수 없는 시가 기다리고 있다네. 네. 앞으로는 대중적이고 싶습니다. 제임스 조이스나 카프카, 사뮤엘 베케트처럼 대중적이고 싶거든요. 하루키가 노벨상을 타게 될까요? 시시한 질문이군요.

당신 생각을 말하세요.
(아시다시피) 제 생각 같은 건 없습니다.

출판사들이 편집하는 시집 총서의 라인업은 언제나—이미 충분해 보인다. **그러나** 여전히 결번은 남는다. 그 자리는 채워지지 않는 결핍이다. 외설스럽게도 문학은 그 빈 구멍을 핑계로,

중심으로 지속되고 선회한다. 그 도저한 구멍에서 익사하는 문필인들. 혹은 문학의 빈 구멍을 모르쇠 하면서 노인들을 상대로 시짓는 법을 연설하는 시인들이 문학영업을 지속시키고 있다. 그것이 오늘의 문학.
이런 생각들로 머릿속을 채우고 있으려니
나를 담았던 열차는 중랑천을 건너면서 청량리에 접근하는 중이다.
도착을 알리는 메시지가 뜬다. 14시 07분.
열차는 언제나 어김없이 종착역에 도착한다.

7

나는 종착역에 내린다. 배역이 바뀐 단역처럼.
3인칭 전지적 작가 시점으로 플랫폼을 밟는다.
이윽고 나는 저 익명의 시선들 속으로 실종될 것이다.
서울의 인파 속에서 내 몸은 조용하게 재구성되고 있다.

어떤 하루는 이렇게 사후세계를 닮는다.
일인분에 못 미치는 외로움이 에스컬레이터에 오른다.
인생에 무슨 의미가 있겠니.
문학에 무슨 의미가 있겠어.
이딴 생각은 자폭적이거나 비논리적이다.
하지만 **어떤 의미에서는** 일리가 있을 것이다.
그렇게 중얼거리면서.

저서 목록

◆ 시

『날씨와 건강』, 경진출판, 2024

『시를 소진시키려는 우아하고 감상적인 시도』, 경진출판, 2024

『썸』, 경진출판, 2023

『난민수첩』, 경진출판, 2023

『自給自足主義者』, 경진출판, 2022

『아주 사적인 시』, 경진출판, 2022

『갈 데까지 가보는 것』, 경진출판, 2021

『나는 가끔 혼자 웃는다』, 예서, 2020

『여긴 어딥니까?』, 모든시, 2018

『아무것도 아닌 남자』, 오비올, 2017

『저기 한 사람』, 시인동네, 2016

『헌정』, 시로여는세상, 2013

『본의 아니게』, 문학의 전당, 2011

『사경을 헤매다』, 열림원, 2005

『치악산』, 문학과지성사, 1996

『정선아리랑』, 문학과지성사, 1991

『길찾기』, 문학과비평사, 1989

『오늘 문득 나를 바꾸고 싶다』, 1990, 중앙일보사

『꿈꾸지 않는 자의 행복』, 청하, 1987

◆ 소설

『쓸모없는 인간』, 경진출판, 2024

『여담』, 경진출판, 2023
『페루에 가실래요?』, 경진출판, 2021

◆ 산문
『봉평 세미나』, 경진출판, 2023
『시보다 멀리』, 경진출판, 2022
『필멸하는 인간의 덧없는 방식으로』, 경진출판, 2021
『거미는 홀로 노래한다』, 예서, 2020
『거북이목을 한 사람들이 바다로 나가는 아침』, 예서, 2020
『시를 쓰는 일』, 오비올, 2018
『오는 비는 올지라도』, 오비올, 2016
『시만 모르는 것』, 작가와비평, 2015
『시인의 잡담』, 작가와비평, 2015
『설렘』, 랜덤하우스, 2007

◆ 연구서
『김유정의 소설세계』, 국학자료원, 1998

날씨와 건강

1판 1쇄 인쇄__2024년 12월 15일
1판 1쇄 발행__2024년 12월 25일

지은이__박세현
펴낸이__양정섭

펴낸곳__경진출판
주소__서울특별시 금천구 시흥대로 57길17(시흥동, 영광아파트), 203호
전화__070-7550-7776 팩스__02-806-7282
스마트스토어__https://smartstore.naver.com/kyungjinpub
이메일__mykyungjin@daum.net

값 12,000원
ISBN 979-11-93985-43-4 03810